Repas magique
à la cantine

Didier Lévy • Mérel

Rachid le timide

Mélanie la chipie

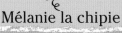

Pacha le chat

Pascale la géniale

Arthur le gros dur

Es-tu prêt pour une nouvelle aventure ? Eh bien, commençons !

Ah, j'y pense : les mots suivis d'un ☼ sont expliqués à la fin de l'histoire.

Dring ! Dring ! Dring !

La sonnerie de la cour de récréation
retentit. Il est midi, c'est l'heure d'aller
déjeuner. Arthur, Mélanie, Rachid
et Pascale sont pressés d'aller à la cantine.

Quel vacarme ! Les quatre amis s'assoient
à leur table. Ils attendent les entrées
avec impatience.

– Pourvu que ce soit du concombre !
dit Pascale.

– Oh non, pourvu que ce soit du saucisson !
répond Arthur.

Loana, la dame de service, arrive et pose
sur la table un plat de… carottes râpées.
– Oh non, trois fois berk !
s'écrie Arthur, déçu.
– C'est plein de vitamines ! dit Pascale.
Allez, Arthur, prends-en un petit peu.
    Et elle le sert.
Arthur regarde ses carottes avec horreur,
puis il s'amuse à faire des grimaces pour
dégoûter ses camarades.

Soudain, Gafi apparaît au fond
de la cantine. Il fonce au-dessus des tables,
plonge, attrape l'assiette d'Arthur
et lance les carottes au plafond.

L'air idiot, Arthur voit les carottes
s'envoler…
puis retomber dans sa bouche !

– Non seulement, c'est plein de vitamines,
répète Gafi, mais en plus, ça donne
les cuisses roses !

Mélanie, Rachid et Pascale éclatent
de rire en regardant le fantôme repartir.
Arthur s'essuie la bouche, vexé,
tandis que Loana apporte le plat suivant.

Le plat suivant
sera-t-il meilleur ?

10

– Tiens, du poisson et des haricots verts !
s'écrie Pascale. C'est plein de protéines,
c'est très bon pour les muscles.

Arthur pousse un soupir
de découragement et dit :
– Mes muscles auraient sûrement préféré
des frites.

Arthur jette un œil mauvais
à son assiette, puis il regarde autour de lui.
Pas de Gafi en vue. Alors Arthur tire
la langue à son poisson, puis il se moque
de Mélanie qui savoure son plat :
– Comment fais-tu pour manger
ce truc épouvantable, Mélanie ?

Gafi réapparaît à toute vitesse.
Une fois de plus, l'assiette d'Arthur
décolle ! Le poisson et les haricots
s'envolent, font un double saut périlleux
et retombent dans le bec d'Arthur !

Quelle surprise
attend encore Arthur ?

17

— Non seulement, c'est plein de protéines, dit Gafi, mais en plus, le poisson, ça rend intelligent !

Pascal, Rachid et Mélanie hurlent de rire.

Arthur ne dit rien, il mâche le poisson
et les haricots verts.
Finalement, il trouve que c'est plutôt bon.

Quand Loana apporte le fromage,
Arthur ne fait plus le malin.

Il l'avale aussitôt puis il attend le dessert.

Ça va sûrement être encore un machin
horrible, se dit-il.

Mais Loana dépose des boules de glace
sur la table !

Arthur n'en croit pas ses yeux.

– Super ! s'écrie-t-il.

La tête de Gafi sort timidement
de sous la table.

– Dis, Arthur, je peux goûter ta glace
à la fraise ?

– Ce n'est pas bon du tout pour
les fantômes ! répond Arthur.
Non seulement ça les fait grossir,
mais en plus, ça leur donne la rougeole !!!

Comme il a l'air peiné, Gafi.

– Ne boude pas, Gafi, je plaisantais !
dit gentiment Arthur.

Il lui tend une cuillerée de glace.

Puis Pascale, Rachid et Mélanie offrent
à leur tour un peu de dessert au fantôme.

– Hum, quel délice, soupire Gafi !

Et il se tapote le ventre avec satisfaction.

– Allez, viens jouer avec nous, Gafi !
s'écrie Arthur, ça t'aidera à digérer.

Et hop, ils filent tous ensemble
dans la cour en riant.

c'est fini !

Certains mots sont peut-être difficiles à comprendre. Je vais t'aider !

Vitamines : les vitamines sont des produits que l'on trouve dans certains aliments (surtout dans les fruits) et qui sont très bons pour la santé.

Protéines : les protéines sont des éléments nourrissants contenus dans la viande, le poisson et les œufs.

Savoure son plat : Mélanie mange lentement ses aliments pour en apprécier le goût.

Saut périlleux : c'est un saut dangereux où l'on se retourne sur soi-même. Le poisson et les haricots verts volent et font un double saut périlleux avant de retomber dans la bouche d'Arthur.

AS-tu aimé
mon histoire ?
Jouons ensemble,
maintenant !

Allons au marché

Dans cette liste, combien y a-t-il de fruits et combien y a-t-il de légumes ?

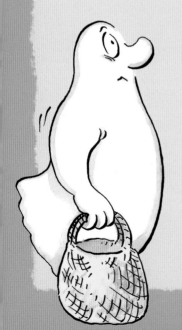

raisin

pomme

tomate

endive

cerise

pomme de terre

orange

poireau

navet

salade

mandarine

Réponse : il y a 6 fruits et 5 légumes.

28

Lettres cachées

**Gafi doit reconstituer le nom d'un aliment.
Mais tout s'est mélangé !
Peux-tu l'aider ?**

Réponse : le nom de l'aliment est « fromage ».

29

Devinettes

Dans quels aliments de la liste ci-dessous peut-on trouver :
– des vitamines ?
– des protéines ?

carottes	œufs
cabillaud	kiwis
tomates	sole
poulet	jus de fruits
haricots verts	viande hâchée
bonbons	confiture
café	pommes

Réponse : on peut trouver des vitamines dans les fruits et les légumes : carottes, tomates, haricots verts, kiwis, jus de fruits, pommes. On trouve les protéines dans la viande et le poisson : cabillaud, poulet, sole, viande hâchée et aussi dans les œufs.

Méli-mélo !

Remets les vignettes dans le bon ordre.

Dans la même collection

Illustrée par Mérel

Je commence à lire

1- *Qui a fait le coup ?* Didier Jean et Zad

2- *Quelle nuit !* Didier Lévy

3- *Une sorcière dans la boutique,* Mymi Doinet

4- *Drôle de marché !* Ann Rocard

Je lis tout seul

9- *L'Ogre qui dévore les livres,* Mymi Doinet

10- *Un étrange voyage,* Ann Rocard

11- *La photo de classe,* Didier Jean et Zad

12- *Repas magique à la cantine,* Didier Lévy

Je lis

5- *Gafi a disparu,* Didier Lévy

6- *Panique au cirque !* Mymi Doinet

7- *Une séance de cinéma animée,* Ann Rocard

8- *Un sacré charivari,* Didier Jean et Zad

13- *Le château hanté,* Stéphane Descornes

14- *Attention, travaux !* Françoise Bobe

Directeur de collection et conseil pédagogique :
Alain Bentolila

© Éditions Nathan (Paris-France), 2005
Conforme à la loi n°49956 du 16 juillet 1949
sur les publications destinées à la jeunesse
ISBN 209250620-X
N° éditeur : 10119081 - Dépôt légal : avril 2005
imprimé en Italie